그 애가 올까봐

그 애가
울까 봐

시인수첩 시인선 020

황은주 시집

문학수첩

자정에 소녀는 박쥐를 판다 자정에 박쥐는 소녀를 판다

탁자 위에 접시와 티스푼을 놓겠습니다

| 차 례 |

시인의 말·5

ME

중얼거리는 장면·13

아직도 까뮈·15

모빌·16

두부·18

제4원소·20

빗소리·22

우산·24

아프리카 침대·26

탕헤르·27

공중·28

자오선·30

너를 강렬하게 버리려는 의지·31

첫 발작·34

9개월의 불안 · 36

더러워, 즐거워 · 38

엄마의 유산 · 40

경극 · 42

사진관 · 44

살아남은 자의 슬픔 · 46

YOU

사과를 줄 위에 · 49

바닐라바닐라 · 51

외국인의 말 · 52

정물 · 54

날카로운 방 · 56

크로키 · 58

귀걸이 — 송곳을 취하여 너의 귀를 문에 대고 뚫으면 너는 영원히 · 60

아지트 · 63

개기월식 · 64

백야 · 66

새집 · 68

로브그리예, 포도밭은요? · 70

詩길 · 71

창 없는 호텔 · 72

상냥한 추종자 · 74

나비 이야기 · 76

녹색 · 78

조각칼처럼 · 80

HER

금기 · 85

좀머 씨에게 · 87

상자는 그런 식 · 88

눈사람 · 90

양면 거울 · 92

여름에 대해 말한다 · 94

케이크 없는 케이트 · 96

칠리를 먹는 밤 · 98

불안한 몽타주 · 100

발칙한 껍질 · 102

평화유지군 · 103

꽃보다 오래오래 죽었다 · 104

유령놀이 · 106

유성우가 출몰하는 길 · 108

불온 · 110

해변 위에 체스 · 112

공원 · 114

헝겊인형성애자 · 116

해설 | 전영규(문학평론가)
몽상가의 정원 · 119

ME

중얼거리는 장면

칼과 해바라기
보았던 그 뒷모습
나는 떨었고

칼과 언덕과 해바라기
보고 있는 뒷모습
나는 떨고 있다

언덕을 쳐다보며 말했지
저곳이 아득하다
그는 말했고
걸어가던 나의 집

언덕을 쳐다보고 있지
걸어가는 나의 집
해바라기가 몰려오는 밤
저곳이 아득하다

비가 올까 창문을 닫아 주고
컵을 닦아 물기를 말려 놓고 떠난

창문과 베개
차분한 목소리와 테이블과

해바라기
보던 해바라기

중얼거리는 반복

아직도 까뮈

부음이 들렸을 때, 교수가 내준 과제는 옷핀으로 생닭을 만드는 것이었지요 목적은 느낌이었어요 펜치로 핀을 펴고 다시 구부려 생닭의 껍질을 만들었지요 돌기들을 떠올리다 무척 놀랐어요 질서 정연함의 극치라고 할까 하지만 극은 적막했지요 아, 핀은 생닭이 될 수 있었던 겁니다 살아 있는 듯 죽어 있는 자세 작품은 점차 완벽해 갔어요 살의 문제가 남긴 했지만 다시 말해 부드러움의 문제였지만 혹은 부피의 문제 그것은 결국 뼈가 지탱할 때까지만이지요 핀을 만지며 수없이 손이 찔렸어요 비가 내리네요 바닥에 떨어진 벚꽃들이 현란해요 알 때 같아요 산란을 위해 하수구로 떠내려가는 죽은 살들 가장 부드러운 마지막, 주머니 속에서 담배를 꺼내다 핀 하나를 발견했어요 핀의 느낌요? 온순했어요 무죄예요 당신의 소설 속 아이스크림 장수가 무심히 나팔을 부는 것 나는 헌화하는 나의 우아한 몸짓에 골몰할 뿐입니다 극은 적막했지요

모빌

내 몸만 기억해 줘요 애인의 부인이 자몽을 보내왔다

애인은 밀항에 대해서 이야기한다 가까운 것을 의심하는 본능이 항해의 역사를 만들었다 탁자는 나무로부터 멀어지기 위한 밀항

자몽은 무엇으로부터 멀어져 왔을까 탁자에는 자몽과 망치가 있다 몇 바구니의 자몽을 버리면 나무는 망치가 될까 애인의 부인의 종교와 애인의 부인의 긴 걸음과 애인의 부인이 보낸 자몽은 단단하다

애인의 짧은 잠과 애인의 손에 들린 망치는 애인의 세계사다

내 몸만 기억해 붉은 즙을 애인의 눈에 뿌린다 기억은 기록이 되고 밀월은 은밀해진다

애인의 무릎을 베고 누워 자몽을 먹는다 애인의 무릎

으로 피가 고이는 소리 자몽은 죽은 살 속에서 맛이 든다

애인은 밀항에 대해서 이야기한다 붉은 자몽을 매달아
모빌을 만든다 무릎과 무릎이 닿을 때 애인과 나의 세계
와 애인과 애인의 부인의 세계가 모빌처럼 돌아갈 때

애인의 부인에게 완성된 탁자와 망치를 보낼 때

두부

두부를 먹네
창고에 앉아 두부를 먹다가 두부, 두부가 되고 싶다고
말하면
유희일까 참회일까
불빛을 닫으며 흰 두부가 쌓이고
부푸는

어둠을 모아 두부를 쌓네

두부라는 테라스가 있네 테라스를 경외하다가 테라스
를 껴안네
테라스를 부숴 버리겠다고 말하면
광기 아니면 슬픔
테라스를 믿고 싶어
떨어지는 무차별한

흰빛을 모아 두부를 쌓네

두부라는 문을 두드리네 문을 두드리고 두드려서
시계를 만들고 공을 만들면
두부처럼 튕겨 오르는 하루와
두부라는 행성
목이 메는 건
거짓일까

어둑한 창고에 앉아 두부를 먹네
가장 낮은 곳의 두부를 골라 심장을 만드네
두부여, 나의 멀고 먼 침실을 찾아 띄워 줘

제4원소

그것은 평온하고
숲에 있다
의자처럼

신을 위한 의자처럼

그것은 간절하고
당신 뒤에서

고단하다 당신은 잔뜩 휘어진다
그것은 떨려서

나무처럼 떨려서
그것은 휘어진다 그것은 숲을 떠나고

나무를 도는 흰 개들

별과 비와 종과 꽃이 멈추고

그것은 당신 뒤에서

슬프고, 그것은 평온해서

하나의 원소처럼

빗소리

기도한다
가장 낮게 엎드려 지상을 떠받드는
빗소리

그것이 세상이 되고

지하의 서점
벽에는 죽은 예술가들의 초상
예술가를 위한 벽과

비에 젖은 발로 지하는 서점이 되지 예배당이 되고
빗소리는 지하에서 더 크게 들린다

최초에 수몰된 새와 종과 물고기 그리고
수몰된 예술가

비는 기도가 되고

구부린 등에서 솟는 종소리
즐기는 새와 눈 뜬 물고기의 춤

기도한다 지하에서 지상으로 지상에서

공중으로 되돌려 보내는

빗소리

우산

어제 집을 나온 사람들에겐 우산이 없다

발사되듯 비는 오고 테라스마다 접시 안테나처럼 뒤집어 놓은 우산 속으로 빗물이 고인다

우산들을 창문에 걸어 놓고

어제 집을 나온 사람들이 아직도 걸어간다

접은 우산처럼 언니가 걸어간다 빗속에서

빛 속으로, 남자의 갈비뼈를 만져 본 열다섯 살 뜨개질을 하는 언니의 손목을 훔쳐보았지 문틈으로 바늘 같은 빛이 보이고 소파에 앉아 언니는 뜨개질로 우산을 뜨고 있었지

손목에서 손이 펼쳐진다 우산처럼
언니의 손목에서 손이 펼쳐진다

접힌다 뼈를 부드럽게 숨긴 우산의 살들은 부러질 줄 몰라 펼쳐지지 않는다 언니의 애인을 보고 언니의 애인은 빗물처럼 미끄럽고 언니는 소파에 앉아 뜨개질을 한다 찢어진 콘돔처럼 속이 훤히 보이는 우산을 뜨고 비는 오지 않고

접어 놓은 우산에서 언니의 손이 펴진다
접시처럼 접시처럼

아프리카 침대

비가 온다
아프리카 침대가 있다
바람이 분다 아프리카 침대가 있다
눈이 온다 침대가 있는 아프리카로 간다 아프리카는
아프리카에 있다
  침대는 어디에 있을까 아프리카는 침대가 아니다
  침대는 아프리카일까 아프리카는 아프리카를 떠나면
쓸모가 없다
  비가 온다 아프리카를 접어서 우산으로 쓴다
  아프리카는 휘어졌다 아프리카는 헤어졌다 아프리카는
침대와 헤어진다
  아프리카는 치타를 만난다
  다시 비가 온다 아프리카는 이제 아프리카 탁자다
  다시 바람이 분다
  바람이 분다

탕헤르

　너는 탕헤르라 말하고 탁자를 만진다 그것은 수요일의 일이다 그것은 화요일의 일이었다 너는 경계를 녹여 버린다 그것을 혹은 그곳을, 탕헤르에서 만나자 말하는 순간 탕헤르의 탁자로 네가 왔다 너의 숨결에선 불이 일었고 나의 저녁은 일그러졌다 너는 경계를 무너뜨린다 그것은 수요일의 일이었다 그것은 화요일의 일이다 모로코에서 만나자 말하는 순간 모로코의 돌로 네가 온다 너의 숨결에선 불이 일고 나의 잠은 재가 된다

　말할게

　그것은 너의 일이다 너는 감정적인 탁자를 만졌고 감각 없는 침대를 만진다 그것은 재의 일이다 그것은 불의 일이었다 만나자 말하는 순간 탕헤르의 돌로 너는 오고 나의 방은 탁자들로 가득 찬다

공중

  이것은 불에 관한 얘기지만

  물에 관한 얘기일 수 있어요 굴러갈수록 노래져요 노래지면 풍경이 망설여져요 온기를 의심해요 간지러워요 발바닥에 불씨가 박혀 있어요 자전거를 타고 비탈 꼭대기로 오르는 동안 불씨는 온몸의 뼈를 타고 오르죠 뒤돌아 비탈 아래로 달립니다

  불은요? 공중으로 날아가요 놀랐던 겁니다 온기는 가벼워요 가벼워서 싫증이 나요 페달과 손잡이를 떼어 내고 누가 냉장고에 자전거를 넣어 놓았을까 냉장고 속에 진열해요 지하보다는 냉장고가 옳아요 차디차게 얼어붙어 있으면 견디는 거예요 조금 무거워지는 거예요 무거워서 싫어요 체인을 떼어 내요 절벽과 절벽은 어때요 쏟아질수록 새하얘져요

  이것은 자전거에 관한 얘기지만

멸종에 관한 얘기일 수 있어요 굳어 가던 흰 뼈들이
우드득 빙하를 거슬러 굴러갑니다 붉은요?

자오선

비좁다 피크닉을 떠나자 북위 20도와 서경 80도의 선이 부딪치는 곳 시소의 자세로 눕는다 떨어지는 빗방울은 창끝보다 분명해 뾰족해야 귀가 뜨거워지는 우리들처럼 엇갈리고 찌른다 우리들은 왜 통쾌한가

삼나무 숲을 태우는 연기가 그녀의 무릎과 나의 목을 잿빛으로 자라게 할 때 너의 억압과 그의 굴종이 새파랗게 폭발할 때 20분과 80분의 기울기는 같다 불확실한 패자 기울거나 도무지 기울지 않았던 승자 높이와 깊이는 한 그물 안에 있고

우리들은 온통 둥근 그물에 걸렸다 그물에 걸린 물고기는 지루한가 그물 안에서 그물을 늘리는 우리들은 현란한가

우리들은 용감한 사람들 아가미를 뜯자 혼란한 겹눈처럼 한껏 비릿해지자 오늘은 즐거운 피크닉 자오선을 넘으면 지구는 멀어지고 우리들 마을은 넓어진다

너를 강렬하게 버리려는 의지

환풍기가 돌아간다
돌이 한가운데 있다
돌을 알고 있었던 것 같다
여름의 돌일 수도 있다
겨울의 물인 것 같다
상냥할 수도 무뚝뚝할 수도 있겠지
돌을 정의하는가,
장식이었으면 해

아름답게

수만 개 푸른 전구를 켜 준다
돌이 아름답게 붉은 술을
더욱 아름답게 하프 소리를
더욱더 아름다워서
돌은 돌
돌을 둘러싸고 있다
나의 서재와 나의 욕조와

희열,
장식이었으면 해

아름답게

꽉 들어차 있다
돌의 기록 돌의 수학 돌의 정결함
돌은 움직인 적 없다
떠밀리지 않는 돌
가라앉지 않는 돌
믿을 수도 믿지 않을 수도 있겠지

환풍기가 돌아간다
돌을 정의하는가
사방에는 정신들이 있고
정신이 아름다워지도록
북을 치는 돌
절대적,

물의

첫 발작

우리들의 접시 사이는 달걀 프라이로 미끌거리고

이번 생은 프라이로 시작하는군요 끓어오르는 레드, 레드, 레드홀을 지나는 중입니다 욕조가 뱀처럼 뒤틀려 있습니다 당신이 다녀간 흔적입니다 조문의 향기입니다 귓불에 장미향을 새긴다는 건 불안해서 붉어지려는 것 더 붉어지려고 뉴욕레드벨벳케익을 삽니다 붉어지려는데 불자동차가 지나가는군요 솟구칩니다 불면과 사과처럼 가볍게 탁자는 뒤집힙니다 발의 발작처럼 왜곡과 술이 있습니다 날아갑니다 최신 망원경을 가졌다면 백 년전에 발이 뒤엉킨 블랙홀을 기억했을 텐데요 망원경과 망각 사이 징검다리가 있고 징검다리를 밟으며 뜨거운 달걀 프라이를 건너갑니다 자정엔 커튼을 태울 것입니다 정오엔 해바라기를 짓밟을 것입니다 해바라기 안에는 만개의 방이 있어서 여름은 방의 발작입니다

만 번의 발작인데요

이번 생의 발작은 아직 반짝이지 않았습니다

9개월의 불안

명랑한 사람들은 부메랑을 던졌고, 평온하게 잠들었다

새로 들인 초가을 날의 염습은 화사했다 볼과 입술에
칠해진 분홍을 삽화로 간직했다

노련한 마녀처럼 반복해서 주문을 외우고는 했다 돌아
와돌아와돌아와

태어난 지 9개월이 된 아이는 첫 번째 엄마가 안 보이
면 두 번째 엄마를 찾는다

그레고리력으로 아이는 9개월 만에 태어난다
9개월 만에 안을 잃었기에 9개월 만에 안을 찾는

불안의 주기가 오면 뜬눈으로 밝히는 어둠이 많았다

흔들리는 안을 찾아다녔다 지하계단과 공중관람열차
와 정류장을 맴도는 기행

뒤엉킨 궤도는 늘 처음으로 돌아왔고

치밀하게 간격을 재면 감정들이 사소하게 말랐다
고독한 소설과 우스운 삽화는 절망적인 의자와 따뜻
한 꽃다발은

분홍의 기억은 색의 밝기만큼 멀리 떠나갔다

첫 번째 엄마가 안 보이면 두 번째 엄마도 없다

더러워, 즐거워

천장에 달라붙은 선풍기를
선풍기를 뒤덮은 먼지 더미를
미로라고 하자

먼지 더미 같은 여행자들을
여행자들 틈에서 밥을 먹는 한 사람을
미로라고 하자

들끓는 모든 바람은
두터운 잿빛은

떨치려고 해도 떨어지지 않는다 밀고 당기는
화환이라고 하자

잘 찍은 사진이라고 하자
콘크리트라고 하자

몰려와 부딪쳤다가 끌어안으며

뭉친다 천장을 선풍기를 먼지를 여행자들을

더러워 즐거워, 사진은

영혼은

아직은 뜨거운 바람 부는 여기를
아직은 꽃을
미련이라고 하자

엄마의 유산

머리를 감았다

이것이 나의 첫 번째 파산

열두 번 결혼한 엄마의 마지막 여행지는 지붕 위의 섬이었다 혼자 잠들면 이마에 검은 주름이 생겼다 아침마다 지붕으로 가는 물길이 열렸다

아이의 아이가 떠나고 친구의 친구가 사라졌다 태어나는 것과 스스로 죽는 것 사이 관계없는 기도를 이해했다 몇백 년 만의 폭염 어둠과 길의 충돌 살구가 녹아내렸고 극장이 침몰했다 다시는 셀 수 없는 봄이라는 말 홍등이 매달린 창고에서 낭만을 기다리는 친척들을 이해하기 위해 나는 무엇을 해야 하나 반지를 먹고사는 비둘기들을 위해 마지막 반지를 던지는 풍습을 배웠다 고리와 고리와 고리를 쫓아 가슴이 비대해지려는 비둘기들을 이해하기 위해

지붕에 열세 번째 애인을 파묻는 일은 순한 사람의 안부 같은 것 석양이 돌아오는 섬은 세상 모든 여자들의 선물을 이해했던 것이다

지붕 위의 섬이 내 것이라고 했다 이것이 나의 두 번째 파산

나는 머리를 감았다

경극

크고 흰

　회벽 속에서 그림자놀이를 한다 쫓는 그림자와 쫓기
는 그림자가 회벽을 사이에 두고 닿을 듯 멀어진다 트렁
크를 끌고 가는 밤을 회벽이 가로막는다 버려진 트렁크
에서 나온 고양이가 회벽 위를 걷는다 성호를 긋듯 앞발
을 들어 고양이가 회벽의 풍선 그림을 터뜨리려고 할 때
풍선은 미끄럽고 풍선은 부풀어 오르며 풍선처럼 터지는
희고 붉은 눈동자

　회벽이 흔들린다 눈이 쌓인다

　굳은 몸을 녹이려고 달려가면
어느 텅 빈 강당에 풍선이 매달려 있었지

　크고 흰

　트렁크를 열고 고양이를 꺼낸다 고양이에게서 다시 부

푼 눈동자를 꺼낸다 그림자를 꺼낸다 의자를 꺼낸다 단
한 번 터지는 순간을 갖고 있어 은밀한 죄는 황홀해

풍선처럼 눈처럼

크고 흰 회벽을 두드린다

사진관

제발,

오래전부터 생각하지 않게 되었다는 말
묻지 않았다

다른 종교인 듯

의심하지 않는 것이 종교여서
오늘 낯선 마을에서 마주친
사진관은
정류장과 정류장을 지나가는 오후와 정류장에 고이기
위해 정류장으로 내리는
비를 매달고 있다
버스가 달려오고

다른 피아노인 듯

사라졌다

서 있던 연인들과 버스에 실려 가는
빗물을 한 스냅에
찍을 수 있니
엇갈리고 겹치며 움직이던 형체와 형제들 모두, 모두
아무도 저 문 닫힌 사진관 앞에서

오늘 소녀가 발견되고

오늘은 검은 패널 속에서 오늘은 검은 사진 속에서
달려와 버스를 탔을지 모르는

당신을 태웁니다

누이야, 제발 따뜻해져

살아남은 자의 슬픔

그 시대의 사람과 그 시대의 광장으로 가고 있다 그
사람의 동상을 찾아 나설 때 마음이 반죽처럼 너그러워
졌다 이유 없이 자전거택시 기사에게 더 많은 지폐를 건
네고, 젊은 기사는 살아남겠지 온종일 관광객을 기다리
던 청년에게 부유한 백작 부인쯤으로 기억되었으면 해
그 사람을 찾아가는 거리에 철골이 드러난 회벽이 늘어
서 있다 부서지고 세우고 살아남으려는 자의 목적이 또
한 겹 깊어 가는 도시 천사는 꼭대기에서 내려다보기를
즐긴다 천사가 공중을 떠나면 지상은 비로소 비겁함을
걷어 내고 사람들은 어깨를 휘저으며 걷는다 햇빛에 경
배를 보내는 동안 도착했다 브레히트, 그 사람의 극장
그 사람의 공원 그리고 그 사람의 동상보다 더 진지한
무게로 뒹구는 걸인의 술병과 눈동자, 그 사람의 한낮을
배회한다 아무런 대사가 없고 아무도 내려다보지 않아서
한낮은 맑고 나른하다

YOU

사과를 줄 위에

나의 관념엔 사과가 없다

기침이 격렬해
비 없는 먹구름은 왜 그런지 병(病)인 것 같아
집에서

사과를 모른다

사과를 닮지 않은 곳이지
노동을 하고
걸어 나오면 복도는 좁혀 오고 닫혀 가

사과, 다섯 개 정도면 맑아질까

나의 비천한 관념으로 사과를 끌고 온다
기침보다 격렬하게 사과가 구르고
흙보다 따뜻한 추격
사과는 어디에서 닫히고 사과는 어디에서 부드러워지나

다섯 개 사과를 갖겠습니다

믿었지 내게로 오는 사과의 높이

사과를 줄 위에
사과를 밀어 깊이깊이 떨어뜨려 보는 것이다

천둥이 치고 비가 오고

돌아와 집을 씻고
폐를 씻고
복도를 여는

바닐라바닐라

귀가 바닐라인 티베트인이 될게 팔꿈치가 바닐라인 흑인이 되겠어 목점이 바닐라인 유커는 어때 정직해지자 바닐라바닐라 골드가 아닌 바닐라로 명명했지 염색을 하고 있어 흘리는 침이 바닐라인 돼지라면 오전 세 시의 물줄기가 바닐라인 분수라면 돼지와 분수는 광장의 쌍둥이 달콤해 발랄해

골드 씨, 프롤레타리아와 생리혈이 바닐라인 여자는 싸우지 않아요 당신의 오후 열한 시의 노동이나 당신의 지구를 멸종시키는 건 아니에요

바닐라바닐라 네 살 시리아인의 항복하는 두 팔이 될게 어젯밤 태어난 난민의 반점투성이 가슴이 될게 모래 공중을 나는 닻과 전갈자리에서 떨어지는 응달은 툭툭 서로 부딪쳐도 비껴가도 반짝인다 따뜻하다 너로 물들어 네가 될게 나의 바닐라 고귀한 너의 모든 바닐라바닐라 바닐라

외국인의 말

네, 검어요
네, 배가 고파요
외국인의 대답인가요

노동을 시작했어요
몸에 또 하나의 구멍을 뚫어 꽃을 완성해요

노동이죠

꽃은 다시 팔면 되고요

구경꾼들의 형광색 옷을 환영해요
야광 시계처럼
빙 둘러서 있군요

특별하다는 말이겠죠

놀이터에서 들려오고는 하죠

자정이 지나면 명랑해지는 외국인 아이

술렁이죠
자정이 지나면 외국인의 말

친근한 알람 같죠

꽃집을 지나며

정물

순수한가 작은 여우들이 셋 스물 일흔다섯

커튼 사이에 여우들을 풀어놓고 커튼을 모두 빨아 버렸다 여우는

하얀 눈이 되어 내리지

눈은 내리고 커튼이라는 단 하나의 정물 두 개의 정물은 불친절해 커튼 안에서 다른 정물이 되지 않으려고 머리는 눈사람의 몸처럼 구른다 커튼이 없는 정물은 불편해 커튼 밖으로 눈사람을 던지기로 한다 눈사람이 되기 위해 눈처럼 분열하고 사람처럼 추락하고 눈의 회한과 사람의 종말을 생각한다 정물을 가진 영혼은 불행해? 창문으로 탁자가 보이기도 하고 내가 손을 흔드는 거리가 보이기도 한다 여우는 커튼 안에 갇힌다 눈이 오는 세계가 눈을 보는 세계를 뚫는다 뚫고 나오려고 뭉친다 정지다

눈이 내리는 것은 커튼이 정지하는 것은

여우들이 사라지는 것은

날카로운 방

네 방에서는 흰 외뿔소가 달린다 네 방에서는 외과의사들이 태어나고 네 방에서는 하루 종일 종이 타는 소리가 들린다 그렇게 아무 일도 일어나지 않는다

너의 방은 돌출한다 나의 방은 너의 방에 세 든다 너는 너의 방에서 뱀을 키운 적이 있다 나는 뱀의 말을 배운다

너의 허물을 덮고 너의 발을 삼키면 나의 방이 태어난다 고백일까 뻣뻣하다 나의 방은 너의 허물 속에 세 든다 투쟁일까 미끄럽다 너의 불면은 붉게 찢기고 나는 너의 방을 물어뜯는다

방을 방 안에서 키울 수 있다는 말을 너는 믿지 않는다 손잡이가 바뀐 손을 열 수 있다는 말을 나는 믿었다 파랑은 주황보다 진하다 피가 마르기 전에 부피와 목록에 관해 말해 줄게

그렇게 아무 일도 일어나지 않는다 내 방에서는 낭만
적인 행동주의자들이 태어나고 하루 종일 종이 타는 소
리가 들린다 그렇게

방은 방을 찢는다 방은 날카롭다

크로키

유리를 닦으면 흑백이 몰려든다

전선들은 멀고 저녁의 선은 가깝다 미끄럽고 차가운

분명해지기 위해 뱀의 형태를 그린다

밀어를 속삭이기 위해 너의 뼈는 검게 뒤틀렸다

옆모습이 중심에 앉는다

전망이 아름답네

횡단보도 끝에서 사라진 듯한 빛 저수지에서 본 듯한
어둠

주목한다 관통하며 흔들린다 관통하며

예민해지는 날엔 유리 저울을 즐겨 줘 발아래 성기와

까마득한 노을의 무게

뒤돌면 빈 곳이 많아진다

저녁 비가 내리고 주머니 가득 체리를 넣는다 무르고
더운

소실점을 잃어버렸다

귀걸이
—송곳을 취하여 너의 귀를 문에 대고 뚫으면 너는 영원히*

이리 와요, 나를 위해 왕관을 들고

너의 귀를 만지다 귓속에도 구멍이 있다는 것을 깨달았어 원형 계단처럼 내려가며 송곳보다 뾰족해진다

한쪽 귀걸이를 잃어버린 날들이 소금과 비소로 반짝인다 대낮의 변심이란 견딜 수 없는 것 모든 서약에서는 악취가 나고

이제 과일나무를 찬양할 수 없는 햇빛 잔혹해지지

수은과 유황으로 귀걸이를 만든다 망치로 불을 두드릴 때마다 중독처럼 게으름과 환희가 타오르기를

그런 것들은 사소해 나의 사치스런 운명과 나의 순결한 계급에 어울리는 선물을 줘요 노동의 눈과 전쟁의 혀로 문을 두드려 줘요

하지만 나는 너의 뼈와 살이 더 익숙하다 너의 모든 걸 얻을 수 없어서 최소한의 뼈와 살을 택했다 너는 귀를 남겼다 송곳을 취하여 너의 귀를 문에 대고 뚫으면 너는 영원히

그런 것들은 너무 사소해 차라리 계란과자를 귀에 달아 줘요 부화되어 당신에게 갈 수도 있으니

폐허를 장식할 돌을 찾는다 뜨거운 돌에 고리를 단다 너의 가슴에 넣으면 심장 소리가 끌려온다 네발짐승보다 먼저 붉어지기를 원형 계단을 돌아 천천히

왕관처럼 흔들리는

귀걸이

이리 와요, 나를 위해 더 예리한 송곳을 들고

아지트

성소냐고 묻네요 소굴이에요 세워 둔 자동차 뒤라거
나 계단 밑이라거나 비밀이에요 오고 가는 어둠과 어둠
사이 빛으로 밀폐된 어둠이에요 그곳의 의자들은 소란
해요 삐걱대는 소리는 완전하다는 시위 같고 침묵은 소
파보다 딱딱할까요 비밀이에요 나흘마다 숨어들어도 은
신처는 없어요 두근거리는 너의 부재, 결핍 이후의 가득
함을 종교라고 하지요 폭력보다 키스와 애무를 믿는다
면 더러운 소굴은 부드러워지고 찢어진 소파는 가득해져
요 욕망과 도망은 같은 피, 믿어요 동네 건달이 담배를
피우러 와요 어둠 속에서 그가 제왕처럼도 보일 때 슬픈
연기는 가벼울까요 믿어요 그곳이 유리로 진화하고 있
어요

개기월식

—세 사람이 전신 거울 앞에서 만난 그 밤에 관한 진술

둥근 엽총들은 나란했습니다 입술에 몽고반점을 숨긴 여자와 고딕식 안경을 쓴 남자와 하루에 세 번 삼치를 구워 먹는 여자가 모였습니다 목적은 모호했습니다 과정은 절정이었습니다

그것은 총구 하나씩을 몽고반점으로 숨기는 일이었습니다 고개를 들어 다시 총구를 바라보았습니다 몽고반점과 안경과 죽은 삼치의 눈알 그것은 불에 익는 삼치의 눈알 비리거나 발사된 총구를 닮았지만 총구가 겨누는 것은 언제나 겹치고 있는 세 개의 그림자였습니다

황홀할까요? 색을 훔치는 것과 모양을 지우는 것 접시 위 눈알의 나란한 감정 의도는 모호했습니다 탕, 불꽃이 피어올랐습니다 둥글게 타올랐습니다 공중과 공허와 삼치의 눈알 그리고 엽총의 구멍들 모두

두 사람은 사라진 한 사람을 기다렸지만 한 사람은 다
시 나타나지 않았습니다 결과는 모호했습니다 과정은 절
정이었습니다

백야

그들은 숲을 생각한다 그들의 나무는 정갈하다

그들의 창문은 정갈하다 그들의 복도는 길고 그들의
전개는 올바르다

아름답니, 오

나는 흐렸다 나는 틀렸다

나의 달은 망치
내려친다

복도를 걸었고 녹슬어 난간이 된다 끈을 묶었고 갇혀
서 풀리지 않는다 당신의 동화 속엔 나무가 돌고 나무를
세는 나무 속의 사람들

나무를 던진다 불결해지도록

감꽃을요? 감꽃은 불결해요 감꽃을 밟아요

　당신을 부정한다 당신의 리듬과 당신의 관객을 부정한
다 돌아오는 당신의 슬픔과 당신의 나무를 부정한다

　틀렸어 당신의 창문과 당신의 불

　듣고 있니 저 달빛을, 오 아름답니*

　나의 부정과 나의 나무

　불타는 나의 나무

* 가수 '짙은'의 노래 중.

새집

그 애가 불렀다
그 애의 새집으로 가고 있다

트렌치코트를 입었지 코트 안에는 망치가 있고
망치를 두드리지 않으면
빈 벽이 될지도 몰라
빈 벽에만 기대어 있을
그 애

시장을 찾고는 해
단단하고 치밀한 소요가 박혀 있는
그리고 망치를 버렸다는 망각

돌진해 오는 친밀한 눈길을 피한다 그러고는
트렌치코트 안의 망치 망치
크지도 줄어들지도 않은

떨어져 사방으로 멀어지는 빛을 향해 망치를 내려칠

수 있겠니

　검은 강에 뾰족한 물살들
　선명하게 박혀 있다

　약속이야, 망치와 함께 다리를 건너는 습관
　그 애가 울까봐
　내가 흔들릴까봐

　느리게 가장 느리게 흘러가기를 기도해

　쇠를 안고 잠든
　막사 안의 휴전처럼

로브그리예, 포도밭은요?

많은 사람들이 있습니다 포도밭을 만들기 위해 광장을 부수는 사람들 기타처럼 삽을 둘러메고 한 사람 뒤에 다음 사람 리듬인가요 리듬일지도 기타처럼 다음 사람을 둘러메고 줄지어 가는 더 많은 사람들 로브그리예, 우리는 저물도록 사랑을 했습니다 무너지는 문과 흩어지는 먼지 속에서 로브그리예, 어서 와요 포도를 따요 이곳은 곧 포도로 가득해질 테니 망설이지 말고 당신의 포도를 수확해 가요 그러면 메아리일까요 메아리일지도 우리는 함성을 지르며 저문 뒤에도 저물도록 사랑을 했습니다 가령 들키고 싶은 밀회를 위해 로브그리예, 포도를 짓밟아요 보랏빛 피가 문턱을 넘어 포도밭으로 일어서도록 무너지는 문들과 흩어지는 먼지 몰아치는 눈발과 계속되는 이야기 로브그리예, 사건은요? 포도밭의 포도는요? 사람들이 있습니다 기타처럼 많은 사람들을 둘러메고

詩길

비를 피해 시장 안으로 들어섰지 시장 안에 왜 詩길이
있을까

양철 문으로 이어진 골목 꽃은 어디쯤 피었니 양철 문
과 양철 벽을 지나고 있어 비는 마을을 몽유병으로 길들
이지 야경꾼을 맴도는 건 한낮이야 흐린 날엔 너만큼 진
지해져 비의 세기를 따라 우리는 격렬하게 싸우고 폐를
앓아 구름을 동정하는 사람들 부푼 반죽의 식사로 뜨겁
게 화해를 하고 어깨가 붙은 우리는 비행기를 찾아 몰
려가지 바닥 깊은 무대로 가자 시월의 장화를 신겨 줄게
뒤꿈치로 비를 두드리면 저 나무 끝에 걸리는 양철 비행
기 떼

꽃이 또 분홍으로 떨어진다면 경화야, 벚꽃을 피해 다
시 시장으로 들어가자

양철들이 하얗게 빛나는

창 없는 호텔

동쪽 문을 열어
욕실을 펼치고 욕실 뒤로 거울과
거울 뒤로 커튼이
커튼을 열어 벽에 닿았다

순서는 그랬다

오는 벽을 접어
벽 뒤에 커튼과
커튼을 열어 거울이
거울 뒤 욕실이 구겨지는

방향은 그랬다

태양을 잘라 낸 지도를 읽는다
사원의 정면에는
무지개를 해체해 버린 검은 여행자

단 하루는 적멸이었고

부정(不淨)은 없어

이틀을 더 머물기로 했다
머리가 닿은 벽을 펼쳐
발을 씻으며

상냥한 추종자

건물의 셔터와 셔터 사이
햇살이 번진다 이것은 잎이 분리된 장미다

머리맡에 꽃과자를 놓는다 상냥한 정원사를 깨우지
않도록

너는 장미와 정육점을 지나서
햇살 속으로 손을 깊이 넣어 뼈를 만졌지

셔터와 셔터 사이
햇살이 번졌지 이것은 한 송이 뼈다

나른하고 붉은 살
향기가 나도록

정원사가 얌전히 꽃과자를 부순다
모르는 이를 조문하고

너는 해가 사라진 셔터들을 지나서 온다

네 아내처럼 코미디를 보며 하얗게 웃을 수 있다면

편히 누우라는 네 말이 몹시 가렵다

나비 이야기

발생

달아나는 중이었어 신발 끈이 풀렸고 끈을 나비 모양
으로 묶었어 나비의 말을 들을 수 있는 귀는 어디 있을
까 낮 없는 밤이 뫼비우스의 띠처럼 계속되고 공포라고
했어 주저앉아 오줌을 눴지 전갈처럼 오줌을 누고 있어
발생할까?

길

선글라스를 쓰면 피가 닮은 그림자를 만나지 번지는
피처럼 나비라는 곤충의 정체는 전갈인지 몰라 달아나
야겠어 아현동을 돌아 성산대교로 가는 전철을 타야겠
어 사막으로 가는 전철을 타야겠어 덜컹거리다가 어느
고원에서 나비와 마주친다면, 어디 가는 길이니?

시차

용감했다고 말해 줘 달콤했다고 말해 줘 전갈을 무서
워하지는 않아 오줌을 누고 있어 오줌 소리를 들으면 전
갈의 독이 몰리는 소리가 들려 밤이 신의 고요처럼 은밀

하게 들어오고 나비라는 곤충은 칼인지 몰라 달아나고
있어 햇빛 타오르는 저 뒤로 저 위로, 거긴 몇 시니?

잠

후~ 입김을 불어 줄래? 죽은 날개라도 흔들리면 조금
은 웃겠지 죽은 얼굴을 닦으면 전갈들이 살을 파고들겠
지 이해했어? 이제 잠들게

녹색

물풀처럼 염증이 번졌다
다리를 절룩였다

기차의 목적을 물었지
유형지의 녹색에 빠져들면
구체 관절이 녹색 모빌처럼 흔들리는 나라

기차가 터널로 들어가면 몸을 나눴다

우리 키스할까요? 터널과 터널 같은 것

식탁에는 백도와, 만져지는 가루 같은 것
불쾌한 목을 하얗게 축였지

색과 몸이 날아갔고

터널에서 빠져나오면 들렸다
빛의 속도로 번지는 녹색 증인들의 나라

기차의 목적을 물었지

나의 질투는 광활하므로

조각칼처럼

이 조각칼로는 결심을 할 거야

언니들은 밤의 조각칼처럼 웃고 조각칼처럼 불안해진다

체크무늬 잠옷을 입고 불 꺼진 유원지의 다트가 될 거야 새벽의 조각칼처럼 감정을 가질 거야

조각가의 방에 숨긴 네 번째 기분을 이해해

밤의 조각칼처럼 언니들은 까불고 언니들은 유원지처럼 흔들린다

아저씨들의 손에 들린 막걸리병처럼

밤의 유원지를 돌아다니는 언니들 큰언니는 조각칼로 병사들을 조각한다 다섯 번째 손가락들을 조각한다 가 보지 않은 골목의 방향을 머리가 돌아간 방향을 파 들

어간다

　　의자에 누워 아내를 찾는 병사와는 가족이 될 수 있어

　　언니들은 조각칼처럼 눕는다

　　이 조각칼로는 희롱을 할 거야 숭배를 할 거야

　　흔들리는 포옹들

　　여덟 개의 칼 중에서 하나가 빠진 조각칼처럼

HER

금기

당신의 방이 많아져요 가족이 두렵군요

고열이 시작됐다

몽상은 또 다른 극사실
모르는 아버지를 남기려고 나무를 꺾는다
고열을 내리려고 불태운 종이를 삼킨다

이웃 사람들은 집요하게 속도와 나무의 생일을 가르
친다

즐거운 개가 달려온다
조용한 개가 있다
죽은 개
어머니만큼 빨리 달렸던 개
개를 남기려고 나무 밑에 묻는다

고요는 또 다른 개

비상하는 잎과 추락하는 새를 쫓아
흔들리는 방
흔들리는 나무

모르는 혈육을 부른 적 없으므로
방이 늘고
나무는 발생했다

좀머 씨에게

　　요즘 후진을 할 때면 몹시 어지러워요 책을 사기 이전으로 돌아간다는 게 얼마나 혼란스러운지 몇 장의 지폐를 손에 쥔다는 사실 중고서점 앞에서 당신의 이름을 팔고 불을 켜고, 갑작스런 빛처럼 무소식은 무소식이지요 벽 틈을 비집고 들어와 몹시 울어 댄 새 때문에 방충망을 뜯었어요 창살보다 두꺼운 커튼을 매달았어요 소식은 귀찮은 일이지요 찢기는 날개보다 끔찍한 고독이란 것 고독은 새롭지 않아요 새로웠어요 창을 가린 커튼이 계속 자랐어요 자라고 있었지요 취미였나봐요 티베트 산꼭대기 바위에 그려진 흰 사다리를 사모했나봐요 땅끝에서부터 늘어나고 늘어나 바위를 지나면 열린 세계로 올라간다고 믿었나봐요 억만 년 나이 먹기를 기다렸죠 세상에서 가장 높은 침대이기를 기다렸죠 이곳에선 오를 수 있다고 믿기 시작했어요 불을 끕니다 동굴을 사모했나봐요 밀폐를 위안처럼 가져갑니다 중고서점에서 당신과 당신의 친구들을 팔고, 돌아 나가는 길이 어지러워요 물속을 걷고 있나요 무소식은 물속이지요

상자는 그런 식

들꽃 옆에 있기 위해 떠난다
여행은 그런 식이다
사진을 찍고
상자 속에 사진을 집어넣는다

상자를 들여다보며
상자에 담기는 노래를 들으며
혼혈의 감정에 빠져든다
너의 개울과 나의 비행기는
나의 양과 너의 풍차는

다른 피처럼

다른 바람을 탐닉하며
햇빛을 남겨 둔다
뒤돌아 가는 혹은 깜박거리는
두 개의 세 개의 네 개의

선물과 귀소(歸巢)

옆을 묻지 않기 위해
들꽃을 검은 상자 속에 넣는다

겨울은 그런 식이다

눈사람

나는 고기를 팔았다 시식대 위에 고기를 올려놓으면 고기는 사람들을 흥분시켰고 몰려들어 고기를 먹어 치웠다 나는 고기를 먹지 않았지만 봄여름가을 고기를 팔았다 나는 이제 고기를 팔지 않으며 고기를 먹는다

첫눈이 내린다 서점에서 책을 사고 김수영의 초상이 그려진 봉투를 받아 책을 넣는다 뜨거운 고기를 산다 고기가 식을까봐 고기 봉투와 책 봉투를 외투 속에 넣고 뛴다 고기 냄새가 훅, 분다 몸이 고기 냄새를 먹어 버리는

김수영은 김수영의 얼굴이 그려진 봉투를 들고 뛰어 본적 없겠지 나에겐 김수영이 가졌던 양계장도 없고 바람난 아내도 없지만 나에겐 고기를 팔았다는 과거가 있지

폭설보다 먹고사는 일에 충실했던 과거가 있다 집요하게 뒤를 밟는 고기 냄새

봉투와 봉투가 일그러져 뭉쳐지는

살과

뛰어가는 사람을 뒤덮으며

온 세상에

눈이

양면 거울

뒷면을 봅시다 자몽으로 물들인 머리칼이 있군요 거울을 돌립니다 앞면은 어떻습니까 얼굴과 목이 있습니까 자두가 있습니다 환각입니다 마주하면 서로가 얼마나 친절해지는지

얼굴을 쓰다듬으려는데 방향이 없습니다 방향을 버립니다 안아 주려는데 몸이 없습니다 몸을 무너뜨립니다 당신이 깨집니다 다급히 거울을 움켜쥡니다 목을 줍는 당신은 누구인지요?

햇빛을 모읍니다 거울을 빙글 돌리면 거울이 있고 거울을 가리면 손으로 몰려드는 빛 거울이 거울을 불태웁니다 거울로 거울의 불을 끕니다 마주하면 탐욕은 뜨거워지고

자두를 세면 자몽이 나옵니다 앞면입니다 자몽을 세면 자두가 나옵니다 앞면입니다 뒷면은 뜨겁습니다 거울을 세면 거울 속에서 불타는 눈 철로는 거울이 되려고

더 친절해지고

여름에 대해 말한다

예뻐지지 않는 아이
너는 계단을 오르듯 노동을 노동 이후에 어른을 어른
이후에 위대한 설산을 믿지만
철거되고
장마가 시작됐다

장화를 신은 너

여름에 대해 말한다 표백이라는 노동

거대한 유리 상자 속에 운동화가 쌓인다
너는 운동화를 빨고 운동화를 모으고 신을 수 없던
새 운동화처럼 결백하지만

더러운 흰빛

열대야가 시작됐다 네 앞의 계단이 녹은 이후 네 앞의
산양이 녹는다

벽돌에 대해 말하는 너
벽돌을 던지면 벽돌이 결백해지는 골목에서 더러운 아
이가 울었다

슬픔은

철거되고

케이크 없는 케이트

접시 밖은 고요하다 이것은 삼켜지는 이야기

나는 돌아왔으며 너는 생일이다 귀환과 탄생을 위한
파티를 하기로 한다

서로의 식욕과는 조금 먼 관계 케이크 가게가 없는 낯
선 도시에서 케이크를 찾아다니며 누군가에게 케이트에
대해 묻기도 했지만

케이크에 초를 꽂고 불을 켜면 사물들은 모서리를 가
진다 부풀어 오른 것과 타들어 가는 것의 대치

어쩌면 식욕으로 뒤엉킨 관계 나는 기타를 치고 있으
며 너는 눕는다 나의 등에 닿는 너의 두 발바닥 부드러
운 발과 난폭한 기타에 관하여 나는 오랫동안 노래를 부
르고 너는 함께 노래하지 않는다

만나지 않아야 했니 떠나지 말아야 했어 태어나야 했

지 그것은 눈과 포크와의 관계 너의 발과 너의 눈 포크
와 부드러운 죽음을 사랑해 케이크와 케이트를 사랑해

접시에는 케이크와 두 개의 촛불 얼굴이 붙어 서로의
얼굴을 모른다는 쌍둥이처럼 두 개의 혀가 서로의 얼굴
을 탐한다 삼킬수록 뜨겁다

너는 상자를 부수고 나는 사진을 찍는다 그것은 삼켜
지지 않았다

그런데 케이트, 내 이름은 뭐니?

칠리를 먹는 밤

지브릴과 참차 씨는 변신 중이다 살만 루시디의 책을
펼친 채 그 여자는 감자를 먹는다 서사와 함께 맥주와
함께 살라딘 참차 씨와 함께 칠리칠리, 순간 옛집에서 느
닷없는 칠리와 함께

리어카를 끌고 가는 친구를 껴안아 주고 헤어졌다 너
는 용감해, 라는 친구의 말에 살아 있어 너는 더 용감해,
라고 그 여자는 대답했다 친구의 종이 상자들은 변한 적
없다 작은 숨구멍에 차곡차곡 쌓이는 종이 상자들

악마는 아직 등장하지 않는다 칠리를 먹느라 더듬거리
는 감각 취기가 먼저인지 지브릴이 먼저인지 참차 씨, 당
신의 변신은 고귀하군요 천사여도 당신은 영화 친구는
목욕을 해도 노래를 해도 종이 상자 어른이며 아이인 그
여자는 관객 속 홀로 감자 먹는 사람

행복을 기록하는 당신은 칠리의 정체를 모른다 온 생
애 동안 박수만 친 관객과 함께 감자를 받기 위해 줄을

선 그 여자와 함께 외딴 거리, 칠리로 된 장막이 날아들
고 침샘이 분수처럼 솟는다 혼돈과 함께 마지막 쾌락과
함께

불안한 몽타주

유리 눈동자에서 핏줄이 풀린다 투명한 뿔로 밀려 나
오는 액체 삼 년 전에 죽은 엄마와 십 년 전에 죽은 엄
마와 어제 태어난 엄마의 얼굴들 몽타주로 가득한 벽이
있다 벽을 뒤덮은 머리칼 수면이 거울처럼 깨지는 방식
으로, 엄마 이제 일어나요, 얼굴을 뒤섞을 시간이에요
직선 안에서 직선 밖으로 나가며 이마를 찢는다 그쯤에
입술을 만드는 쾌감 가장 짙은 그림자는 눈썹과 눈썹 사
이에 있지 짙은 그림자들 속에 해바라기 밭이 있지 해바
라기 밭을 지나간다 해바라기 밭을 지나간다 오늘은 세
개의 몽타주를 해바라기 밭에 버린다 작은 소음들이 들
린다 몽타주들로 가득한 벽의 한쪽이 무너져 내린다 혀
를 밟고 걷는다 말의 기억을 잃었을 때 혀는 스스로 계
단이 된다 반짝, 평지의 기억을 갖고 있는 콧날 평지의
끝에는 다시 몽타주들의 벽이 있다 뺨에서 낡은 흉터를
떼어 내면 흉터로 이어지는 길, 끝에는 해바라기 밭이
있고, 해바라기 밭으로 바람이 분다 소란소란 점점 커지
는 소음들 잘린 귓속엔 다섯 개의 공깃돌과 반으로 잘린
시이소 걸어간다 해바라기 밭에 해바라기가 없다 바람에

흔들리는 얼굴들 해바라기 밭이 몽타주들의 소음으로
가득하다 몽타주들의 밭이 길게 펼쳐져 있고

발칙한 껍질

말랑한 터널이 있다
귤의 껍질이거나 검은 고양이

야옹, 빨려 들어가다 뚝뚝 떨어지는 빛의 지붕들 재빠르게 낚아챈다 도피자의 흐린 얼굴 지붕을 건너뛰며 십분마다 한 번씩 어디로 사라지는 걸까 고양이를 터널의 눈이라고 믿기 터널의 목에 귤을 달아 주기 귤을 터뜨리면 고양이는 달콤하지 달콤한 그림자 극장을 만들며 반역을 꿈꾼다 껍질을 뒤집으면 안은 밖이라는 것 터널은 날아가는 스카프이거나 목이 잘린 투구의 뿔 어쩌면 욕실 안의 고양이 귤껍질을 통과하기 고양이처럼 껍질 안에 갇히기 고양이는 귤껍질을 혐오해 지금은 터널과 고양이를 욕실 안에 던져 넣을 때 형광 눈알 하나를 뽑고

고양이에게 귤을 던져
물렁한 살을 찢을 수 있도록

발칙한 껍질이 남도록

평화유지군

그 후, 조개껍질을 세고 있는 것이다 눈을 감으면 낮이
다 진압은 밤으로 결정되었다 손이 흔들린다 손을 뻗어
손을 붙잡는다 이빨이 손을 문다 손에 구멍이 생기면 낮
이다 조개껍질을 센다 해변을 걷는 이방인은 왜 한가로
운가, 조개껍질이 조개껍질과 충돌하는 소리 진압은 밤
으로 결정되었다 프로펠러 소리가 들리면 수도자들은 나
른한 발을 맞춰 걷는다 수도자들은 평화로운 정원에 있
다 오직 흰 조개껍질들만이 펼쳐진 세계 발이 가슴을 누
른다 프로펠러 프로펠러 프로펠러가 땅에 처박히는 소리
아무도 모르게 고대의 어머니들이 다녀가셨다 이방인은
모두 얼굴이 같다 얼굴이 다르면 밤이다

조개껍질이 낭자한 해변은 왜 아름다운가 그 후, 진압
은 결정될 것이다

꽃보다 오래오래 죽었다

검은 숲속에 있다
사람들이 사라진 숲 여우들이 사라진 숲
아버지는 상자들을 들고 들어가 돌아오지 않았다
문득 뒤돌아서면 흰 그것
꽃은 꽃병보다 더 오래오래 깨졌다
마침내,
토막 같은,
천막들이 가라앉는 모래 속에 있다
검은 수면 아래 있다
흰 그것
검고 흰,
모자는 밝고 그 아래는 어두울 수 있는가
검은 거울 속에 있다
목도리는 밝고
몸의 나머지는 캄캄한 거울 안에 있다
한 손으로 일곱 개 구멍의 피리를 불었다
흐물흐물해지는,
굳어 버리는,

천막들이 가라앉는 거울 속에 있다
아버지는 상자들을 들고 들어가 나오지 않았다
공중그네가 공중을 흔들 수 있는가
검은 숲속에 있다
꽃보다 오래오래 죽었다
문득 돌아보면
흰 그것,
흰 그 것

유령놀이

카드게임을 하고 있지
손바닥으로 종을 치면 승리자가 되는 거야
종소리가 중심인 세계야

나는 달아오르는데
달아나 버리려는 너야

다시 무슨 놀이를 할까
피의 전리품을 쌓을까

고기를 굽는다 타기 전에 오그라드는 형체
피가 몰린 채 달아나려나봐

흰 꽃을 뜯었다
흰 꽃에서 화학 냄새가 난다
돌아오는 유령처럼

패배자를 짓밟는다 유령을 쌓는다 유령을 허물면

사방에서 달려드는 메아리와

너의 안식이야

어둠이야

유령에서 유령이란 호르몬이 빠져나가는 사이

다시, 너를 찢을까

유성우가 출몰하는 길

산책 나온 사람이 캄캄하다
네 그루 감나무와
버스 한 대가 머문

갈림길,
이 방향은 수원에서 비봉 가는 길이거나
혹은

나무들의 밀회

어색해

나란히 들에 눕는다
관계는 이어지고 있다

빗방울이 이마에 떨어지고

지나가는 비가 아닐 수 있어

그런 적 있어

버스가 떠난다
비가 내리는
쉼 없이 비가 내리는

갈림길,
이 방향은 비봉에서 수원 가는 길이거나

혹은

불온

바람이 분다 트렁크는 거칠거나 몹시 불확실하다

불안해하며

트렁크는 빛과 뒹군다 모래를 삼킨다 몹시 불충분하게

바람이 분다 트렁크는 뜨겁거나 바다를 떠돈다
빛에 짓눌린다 소금을 부순다

불확실하거나

지하에 처박혔던 토르소 마네킹은 불충분한 것
어둠보다 완벽하지만

목이 잘린 마네킹이 비틀린다, 춤을 춘다, 트렁크에서
해변으로, 해변에서
바다로 밀려 나온다 소금보다 질기게

모래보다 온유하게

목을 찾아 바다로 간다 트렁크는 기다린다

곧, 몹시,

불안해하며

해변 위에 체스

검은 가방들을 잔뜩 끌고 가는 검정이었다

흰은 지난 밤 검정이 상대했던 열정을 부러워했다
그런 흰의 진술은 의무에 가까웠다

크고 두려운 버스가 지나간다

검정은 검정이 상대했던 열정을 진술하지 않았다
그런 검정의 침묵은 동정에 가까웠다

크고 두려운 버스가 지나간다

솔직한 흰이었다
흰은 예민한 흰이 아니었고 무거운 흰이 아니었다

벽을 색칠하는 흰을 올려다보며
검정은 해바라기에 대해 진술했다
검정은 검정의 가벼움과 흰의 가벼움을 견딜 수 없었다

잘 가

그것은 순리에 가까웠다

크고 두려운 버스가 지나간다

공원

빵을 안고 걸으면 두근거려요
나에게는 빵이 있고

나는 우유처럼 사색하는 사람

밀밭에 흔들려

철학을 이해하려는 사람이지요

당신에겐 빵이 없고
나는 껴안은 빵을 뜯어 먹으며
당신의 발에 앉아
나의 맨발을 만져요
빵을 사러 가자
철골이여 당신의 발에 맞는
빵을 사러 가자

거리에서 힙합을 추는 청년

그는 설탕을 꿈꾸는 사람입니다
그의 손이 바닥을 치면 들리는

설탕 부서지는 소리

들려요?

물구나무를 서면 쏟아져요
각설탕 같은
모자들,
그가 공중으로 모자를 던지네요, 나는
빵을 사러 가자
너도
너의 모자도

모자 속의 검은 새들도

헝겊인형성애자

물질이 있고 헝겊인형이 있고
목적이 있어요
당신은 진지해요 방향처럼요

산이에요
손뼉을 치면 헝겊인형이 쌓이고
손뼉을 치면 헝겊인형이 울창해져요
헝겊인형에 집중해요

감각이 넘쳐 감각을 잃으면
방향을 잃어요
헝겊인형을 떨어뜨려요
전투가 시작되죠 수학자처럼 요리사처럼
의무처럼

헝겊인형을 물고 헝겊인형을 던지며
어디로부터의 구름인지
얼마큼의 사람인지

공장이 없는
공장 사람들의 점심

헝겊인형에 빠져 버려요
인형에 막혀 버려요

오직 헝겊인형을 위한 의자를 골랐죠
당신은 당신의 헝겊을 먹어 치우고
당신의 목적대로
인형을 찾아 떠나요

헝겊인형이라는 기계는 없어요
헝겊인형이라는 요리는 없어요

폭우가 내립니다
목적은 아니에요
발견처럼
당신은 진지해요 가난하게

물컹하게

몽상가의 정원

전영규(문학평론가)

1. 몽상가의 코기토

> 나는 세계를 몽상한다.
> 그러므로 세계는 내가 몽상하는 대로 존재한다.
> – 가스통 바슐라르*

"나는 생각한다. 고로 나는 존재한다"라는 데카르트의
유명한 명제는 인간을 사유하는 존재로 만들었다. 사유가
인간을 인간으로서 존재하게 한다. 살아 있는 동안 인간
은 생각해야 한다. 인간이기에 끊임없이 생각해야만 하는
것들에 대해. 오로지 인간이기에 가능한 사유에 대해. 그

---

* 가스통 바슐라르, 김웅건 옮김, 『몽상의 시학』, 동문당, 2007, p.202.

것은 바로 내가 이 세계에 존재하고 있음을 증명하는 일일 것이다. 내가 지금 이곳에 살아 있음을 증명하는 일. 그것도 인간이라면 과연 어떤 방식으로 살아가야 하는지에 관해. 결국 데카르트의 명제는 실존의 문제와 관련한다. 그리자 사유가 인간 존재의 이유가 된다고 보는 데카르트에게, 바슐라르는 다음과 같이 묻는다. 그렇다면 그 사유를 확신하는가? 즉 나는 그 사유로 인해 존재함을 확신하는가?라고.

"더 이상 몽상할 수 없는 인간은 사유했다."* 인간의 사유 이전에 몽상이 있었다. 데카르트의 사유(思惟)가 인간의 이성적 사고에 가까운 인식 작용이라고 볼 때, 바슐라르가 말한 몽상은 그 인식을 감지하는 인간의 감각이었을 것이다. 이성보다는 감각이, 사유보다는 몽상이 자유롭다. 몽상 또한 인간 고유의 정신 활동이다. 사유이기 이전의 인간의 감각에 대해. 인간의 이성으로는 설명할 수 없는, 인간이 지닌 무한한 정신적 활동에 대해. 바슐라르에게 몽상이란 내가 이 세계에 존재하고 있음을 생생하게 체험하는 일이다. 그는 그것을 체험하는 방식으로 시적 몽상을 예로 들었다. 시의 언어가 인간의 무한한 정신 활동인 끝없는 몽상을 증언할 수 있다. 내가 지금 여기에 있다는 것을, 나는 이 세계에 존재한다는 것을 어떻게 실감할 수 있

* 가스통 바슐라르, 앞의 책, p.224.

을까. 나는 나 자신인가, 이곳을 향한 타자인가. 어디서부터 시작되는지도, 끝나는지도 알 수 없는 세계 속에서, 스스로마저 확신할 수 없는 인간은 단지 상상된 것에 불과한 것인가.

분명한 건 나는 이 모든 것들을 상상할 수 있다는 것이다. 인간은 몽상할 권리가 있다. 비록 그것이 나라는 존재의 증거를 요청하지 않는 무책임한 몽상일지라도 말이다. "몽상이 사유를 이끈다"는 일반적인 견해와 "단절"해야 한다**는 바슐라르의 말은 여기에서 연유한다. 이성과 같은 물리적인 결정론에서 벗어난, 인간의 전적인 자유와 무한한 상상력 사이에서 나도 모르게 발생한 이미지들을 탐구하는 일. 이것이 바슐라르가 말하는 문학 이미지이자 시적 몽상이다. '나'라는 존재의 근거를 요청하지 않는 몽상은 존재의 한계를 뛰어넘는 몽상을 의미한다. 현실에서는 불가능한 몽상을 꿈꾸는 일.

상상이 없는 삶은 확대될 수 없다. 충분한 삶의 실현을 위해서라면 인간은 지나치리만큼 상상해야 한다. 그러자 세계는 내가 상상하는 대로 존재한다. "나는 세계를 몽상한다. 그러므로 세계는 내가 상상하는 대로 존재한다"라는 자칫 무모해 보이는 몽상가의 코기토는 이런 이유에서다. 사유를 요청하지 않는 자유로운 몽상에 대해. 물리적

** 가스통 바슐라르, 앞의 책, p.225.

인 인과 관계를 요구하지 않아도 가능한, 자연스럽고 대담한 몽상에 대해. 여기서 시인의 임무는 이전까지는 아무 것도 꿈꾸지 못했던 자들에게 자유로운 몽상을 할 수 있는 기폭제의 역할이 되어야 한다. 자신으로부터 태어난 세계에서 인간은 모든 것이 될 수 있다. 내가 몽상하는 대로 존재하는 세계는, 그 세계에서 모든 것이 될 수 있는 나는 세계 속으로 녹아든다.

"당신이 사과라 부르는 것을 과감하게 말해 봐요./그 부드러움은 우선 응축되어/맛 속에서 길들여진 부드러움을 드러내면서/빛에, 각성에, 투명함에 도달하고/태양과 대지를 의미하는 이곳의 사물이 됩니다.'" "유독 허공의 맛을 즐기는" 시인의 사과가 어느덧 세계와 함께 물들어 가고 있다. 시인의 사과는 "철모르는 그믐달"처럼 아직 여물지 않은 채 "삼만 광년"의 우주 속으로 스며들기도 하고(등단작 「삼만 광년을 풋사과의 속도로」), "뭉개"지고 "지워"지기를 반복하며 이곳의 풍경이 되기도 하며(「말랑말랑한 외면」) "계절 멀리 떠나지 못하는 연두의 소리"(「연두의 대답」)가 되기도 한다. 서로 모르는 계절 속에서 무의식과 의식을 오가며 이곳에 도달한 시인의 사과는 존재의 싱그러운 생명력과 함께 자유로운 몽상의 시작을 알리고 있다. "나는 세계가 내가 먹는 과일처럼 내 안으로 들어옴을 느낀다. 정

• 가스통 바슐라르, 앞의 책, 릴케의 구절 재인용, p.199.

122

말 그렇다, 나는 세계를 먹고 산다."*** 우리는 지금부터 시인의 사과가 내 안으로 들어오는 것을 실감할 것이다.

2. 몽상하는 까뮈

"누가 자신의 삶을 살고 있으며 누가 본래의 삶의 풍부함과 다양함 속에서 그 삶을 살고 있는가? 본래의 삶은 우리 없이 우리 안에서 체험된다"***라는 바슐라르의 말은, 삶은 항상 파악할 수 있는 것이 아니며 나를 한 존재로 결정할 수 있는 존재의 단위가 아니라는 것을 의미한다. 인간은 자신이 존재한다는 것을 확신할 수 없다. 그러나 삶은 무엇보다도 자신을 표현하면서 살아가는 것이다. 나도 모르게 내 안에서 체험되는 본래의 삶에 대해. 그 안에서 나도 모르게 체험하게 되는 삶의 풍부함과 살아 있는 이미지들에 대해.

시인에게 "몽상은 또 다른 극사실"(「금기」)이다. 황은주의 시는 대상이 생동하는 순간들을 실감하는 감각들의 사태를 구현한다. 시인의 자유로운 몽상은 시의 언어로 생생하게 이미지화된다.

** 가스통 바슐라르, 앞의 책, 피에르 알베르 비로의 구절 재인용, p.197.
***가스통 바슐라르, 안보옥 옮김, 『불의 시학의 단편들』, 문학동네, 2004, p.66.

너는 탕헤르라 말하고 탁자를 만진다 그것은 수요일의 일이다 그것은 화요일의 일이었다 너는 경계를 녹여 버린다 그것을 혹은 그곳을, 탕헤르에서 만나자 말하는 순간 탕헤르의 탁자로 네가 왔다 너의 숨결에선 불이 일었고 나의 저녁은 일그러졌다 너는 경계를 무너뜨린다 그것은 수요일의 일이었다 그것은 화요일의 일이다 모로코에서 만나자 말하는 순간 모로코의 돌로 네가 온다 너의 숨결에선 불이 일고 나의 잠은 재가 된다

말할게

그것은 너의 일이다 너는 감정적인 탁자를 만졌고 감각 없는 침대를 만진다 그것은 재의 일이다 그것은 불의 일이었다 만나자 말하는 순간 탕헤르의 돌로 너는 오고 나의 방은 탁자들로 가득 찬다

—「탕헤르」전문

시인의 몽상이 현실 자체를 동화시키는 순간이 있다. 탕헤르와 모로코에서 만나자 말하는 순간, "그것" 혹은 "그곳"은 어느 순간 나도 모르게 탕헤르의 탁자나 모로코의 돌로 나에게 생생하게 다가오는 것처럼. 시인의 몽상은 인간과 현실 사이의 경계를 무너뜨리거나 녹여 버린다. 시인이 구현하는 이미지는 그 어느 것에도 제약을 받지 않는

124

다. 내가 바라보는 대상들은 시공간을 초월하며 다양한 방식으로 변형된다. "감정적인 탁자"나 "감각 없는 침대"와 같은 익숙한 대상들은 나의 몽상으로 인해 탕헤르 혹은 모로코의 탁자나 돌로 변형된다. 익숙한 대상들이 나의 몽상에 의해 낯선 것들로 변형되는 순간, 존재는 지금 여기라는 시공간의 제약을 벗어나는 신비한 순간을 체험한다. 단지 그렇게 되리라 말하거나 상상하는 것임에도 불구하고 말이다.

부음이 들렸을 때, 교수가 내준 과제는 옷핀으로 생닭을 만드는 것이었지요 목적은 느낌이었어요 펜치로 핀을 펴고 다시 구부려 생닭의 껍질을 만들었지요 돌기들을 떠올리다 무척 놀랐어요 질서 정연함의 극치라고 할까 하지만 극은 적막했지요 아, 핀은 생닭이 될 수 있었던 겁니다 살아 있는 듯 죽어 있는 자세 작품은 점차 완벽해 갔어요 살의 문제가 남긴 했지만 다시 말해 부드러움의 문제였지만 혹은 부피의 문제 그것은 결국 뼈가 지탱할 때까지만이지요 핀을 만지며 수없이 손이 찔렸어요 비가 내리네요 바닥에 떨어진 벚꽃들이 현란해요 알 떼 같아요 산란을 위해 하수구로 떠내려가는 죽은 살들 가장 부드러운 마지막, 주머니 속에서 담배를 꺼내다 핀 하나를 발견했어요 핀의 느낌요? 온순했어요 무죄예요 당신의 소설 속 아이스크림 장수가 무심히 나팔을 부는 것 나는 헌화하는 나의 우아한 몸짓에 골몰할

뿐입니다 극은 적막했지요

— 「아직도 까뮈」 전문

그것 혹은 그곳을 생각하다가, 문득 내가 상상하는 그것(그곳)이 되고 싶다고 말하면 그건 "유희일까 참회일까"?(「두부」) 몽상은 유희와 참회 사이를 오가는 '나'라는 존재를 만든다. 유희와 참회를 반복하며 나와 세계, 현실과 상상 사이를 오고 가는 존재는 실존이란 또 다른 극사실로 향하는 까뮈들이다. "목적은 느낌"이다. 자신이 존재한다는 것마저 확신할 수 없는 이곳에서 살아 있다는 느낌을 실감하는 일. 이곳의 "부음이 들렸을 때"조차도, 가장 부드러운 마지막 순간, 뼈가 존재하지도 않은 가공의 살을 지탱하기 직전과 같은, 죽음 직전의 순간을 경험하는 일. 비록 삶이 적막한 무언극이라 할지라도, 불확실한 삶을 향해 "헌화하는 나의 우아한 몸짓에 골몰"하는 일. 언제부턴가 부음이 들려오는 적막한 세계. 그곳에서 존재는 "살아 있는 듯 죽어 있는" 자세를 유지하며 결국엔 무(無)로 돌아가야 할 것이다. 죽음과도 같은 대상의 마지막 단계이자, 아무것도 아님이라는 존재의 속성은 자칫 더 이상 능동적이지 않은 무(無)라는 관념으로 치부되어 버릴 수 있다.

바로 여기서, 오로지 시적 이미지들만이 아무것도 아닌 것으로 향하는 존재의 속성을 생생하게 살아 있는 존재로 만들 수 있다. 죽어 있는 자세를 살아 있는 느낌으로 만드는 일. 관념에 불과한 대상의 속성을 무한히 재생하는 능동적인 상태로 유지하는 일. 시적 몽상은 곧 우주적 몽상이다. 시인의 언어는 꿈과 현실, 나와 세계 사이의 경계를 무너뜨리며 지구를 벗어난다. 그러자 존재는 단지 꿈꾸는 자에 지나지 않는 그 이상의 지점에 이른다. "우리들은 온통 둥근 그물에 걸렸다 그물에 걸린 물고기는 지루한가 그물 안에서 그물을 늘리는 우리들은 현란한가//우리들은 용감한 사람들 아가미를 뜯자 혼란한 겹눈처럼 한껏 비릿해지자 오늘은 즐거운 피크닉 자오선을 넘으면 지구는 멀어지고 우리들 마을은 넓어진다"(「자오선」).

3. 무한히 재생하는 생의 첫 발작의 순간들

몽상은 인간을 단지 꿈꾸는 자로만 머무르게 하지 않는다. 몽상은 인간을 꿈꾸는 세계 그 이상으로 나아가게 한다. 지구라는 둥근 그물에 걸린 우리는 몽상을 통해 보이지 않는 생의 그물을 늘리며 지구를 벗어난다. 그러자 나라는 존재의 단위에 더 이상 매어 있지 않게 되어 버린 '나'는 이전과는 다른 신비한 순간을 경험한다. 존재했던 것, 존재하는 것, 존재할 것이 용해되면서 존재의 현전 자체가 되어 생의 그물을 늘린다. 몽상가의 우주는 인간의

부동의 시간 속에 자리하게 하고, 인간을 세계 속에 용해
되도록 도와준다.* 내가 보거나 말하는 순간, 내가 상상하
는 그것들은 내 눈앞에서 생생한 이미지로 형상화된다.

모든 이미지는 그것을 받아들이는 정신의 척도만큼 작
용한다고 했을 때, 이미지는 존재가 지닌 생의 의지다. 그
것은 끊임없이 변형된다. 무한히 재생하는 삶의 에너지처
럼, 세상을 향해 끊임없이 용해되는 나의 몽상처럼 말이
다. 나아가 그 이미지를 구현하는 상상력은 의지보다 더한
생산적인 정신 활동 그 자체다. 인간이 자신의 몽상에 의
해 창조되고 한정된 존재라고 하는 까닭은 인간 정신의 마
지막 단계들을 그리고 있는 것이 바로 몽상이기 때문이다.
나는 내가 상상하는 것 그 이상이다. 내가 몽상하는 대로
존재하는 세계를 향해 시의 언어는 끊임없이 변신하는 생
의 에너지를 형상화해야 한다. 인간 정신의 마지막 경계에
서, 서로 다른 것들이 침투하며 용해되는 존재의 정점에
서 보이지 않는 생의 의지를 구현하는 일. 자신과 접촉하
는 것에 침투하고 확산되는 지점에서 시인이 구현하는 세
계는 부동의 지점에 놓인다.

눈은 내리고 커튼이라는 단 하나의 정물 두 개의 정물은
불친절해 커튼 안에서 다른 정물이 되지 않으려고 머리는

---

* 가스통 바슐라르, 『몽상의 시학』, p.245.

눈사람의 몸처럼 구른다 커튼이 없는 정물은 불편해 커튼
밖으로 눈사람을 던지기로 한다 눈사람이 되기 위해 눈처럼
분열하고 사람처럼 추락하고 눈의 회한과 사람의 종말을 생
각한다 정물을 가진 영혼은 불행해? 창문으로 탁자가 보이
기도 하고 내가 손을 흔드는 거리가 보이기도 한다 여우는
커튼 안에 갇힌다 눈이 오는 세계가 눈을 보는 세계를 뚫는
다 뚫고 나오려고 뭉친다 정지다

　　눈이 내리는 것은 커튼이 정지하는 것은

　　여우들이 사라지는 것은

-「정물」 부분

　어느덧 몽상은 "눈이 오는 세계가 눈을 보는 세계를 뚫
는" 지점에 이른다. 뚫고 나오려고 뭉치는 순간이 정지되
며 대상을 실감하는 작용이 되는 일. 여기서의 '정물(靜物)'
은 시의 언어가 될 수도, 존재라는 형식을 지닌 나 자신일
수도 있다. 정물의 속성을 지닌 대상마저 뚫고 나오는 정
신의 지점이 있다. 바로 그 지점에서 시인의 언어는 무한히
재생하는 생의 첫 발작의 순간들을 재현한다.

　아름답게

꽉 들어차 있다

돌의 기록 돌의 수학 돌의 정결함

돌은 움직인 적 없다

떠밀리지 않는 돌

가라앉지 않는 돌

믿을 수도 믿지 않을 수도 있겠지

환풍기가 돌아간다

돌을 정의하는가

사방에는 정신들이 있고

정신이 아름다워지도록

북을 치는 돌

절대적,

물의

－「너를 강렬하게 버리려는 의지」 부분

우리들의 접시 사이는 달걀 프라이로 미끌거리고

이번 생은 프라이로 시작하는군요 끓어오르는 레드, 레
드, 레드홀을 지나는 중입니다 욕조가 뱀처럼 뒤틀려 있
습니다 당신이 다녀간 흔적입니다 조문의 향기입니다 귓불
에 장미향을 새긴다는 건 불안해서 붉어지려는 것 더 붉어
지려고 뉴욕레드벨벳케익을 삽니다 붉어지려는데 불자동차

가 지나가는군요 솟구칩니다 불면과 사과처럼 가볍게 탁자
는 뒤집힙니다 발의 발작처럼 왜곡과 술이 있습니다 날아갑
니다 최신 망원경을 가졌다면 백 년 전에 발이 뒤엉킨 블랙
홀을 기억했을 텐데요 망원경과 망각 사이 징검다리가 있고
징검다리를 밟으며 뜨거운 달걀 프라이를 건너갑니다 자정
엔 커튼을 태울 것입니다 정오엔 해바라기를 짓밟을 것입니
다 해바라기 안에는 만 개의 방이 있어서 여름은 방의 발작
입니다

만 번의 발작인데요

이번 생의 발작은 아직 반짝이지 않았습니다

－「첫 발작」 전문

시인의 언어는 나를 규정하는 모든 것들을 향해 저항한
다. 꿈꾸지 못한 자들의 내면에서 특별한 열정이 솟아오르
는 일. 익숙한 대상이 몽상이라는 특별한 열정에 의해 낯
선 풍경이 되는 일. 나를 규정하는 모든 것들 너머로 향하
고자 하는 생의 의지가 몽상이라는 특별한 열정의 불꽃을
만들어 낸다. 시인이 말하는 아름다움은 특별한 열정이
그려 내는 세계의 풍경이다. "꽉 들어차 있"고, "움직인 적
없"고, "떠밀리지 않"고 "가라앉지 않는 돌". "믿을 수도 믿
지 않을 수도 있"는 돌과 같은 정물(대상)이 지금 내 눈앞

에 있다. 대상의 정의마저 불가능한 정물의 세계는 몽상이라는 특별한 시선이 지나간 이후, 모든 것이 달라진다. 마치 고정되어 있는 정물(靜物)에서 생의 밀도로 충만한 정물(情物)이 되는 것처럼. 믿을 수도 믿지 않을 수도 있지만, 생의 밀도로 충만해진 아름다운 그 돌은 더 이상 떠밀리거나 가라앉지 않는다.

예고 없이 뚫고 나오는 정신의 감각처럼, 상상하는 주체와 이미지 사이의 간격은 더없이 짧다. 몽상은 예고 없이 발생하는 생의 이미지를 발견하는 일이다. 몽상하는 주체는 그 이미지를 받으면서 놀라고, 매혹되며 깨어난다. 위대한 몽상가는 반짝이는 의식의 대가들이다.* 정물의 생을 사는 자들의 정신이 아름다워지도록 북을 치는, "첫 발작"을 발견하는 나처럼. 생의 이미지는 정신의 각성이자 생의 의지다. 정물(靜物)이 정물(情物)로, 잠자고 있던 대상들이 자신도 모르게 발생한 특별한 정신의 각성에 매혹되어 깨어나는 일. 깨어난 대상은 살아 있는 의식 그 자체가 되어 아름답게 반짝인다. 특별한 정신의 열정으로 깨어난 생의 이미지들이 세계 속으로 침투한다. 그 어느 것에도 얽매이지 않는 자유로운 몽상들이 자연스럽게 녹아들며 생의 열기를 발산한다. 시인의 언어는 나와 세계 사이의 경계를 무너뜨리며 불의 숨결과 재가 되기를 반복한다. "끓어오르

• 가스통 바슐라르, 『몽상의 시학』, p.194.

는" 레드홀을 지나고, "조문의 향기"를 남기며, "백 년 전에 발이 뒤엉킨 블랙홀을 기억"하며 "만 번의 발작"을 되풀이한다.

살아 있는 모든 존재는 생의 온기를 품고 있다. 내가 살아 있음을 실감한다는 건 끓어오르는 생의 온기를 감지하는 일이다. 생의 온기는 꿈꾸는 세계 그 이상으로 나아가고자 할 때, 나를 규정하는 모든 것들을 향해 저항하고자 할 때, 뜨겁게 끓어오른다. "내 방에서는 낭만적인 행동주의자들이 태어나고 하루 종일 종이 타는 소리가 들린다 그렇게//방은 방을 찢는다 방은 날카롭다"(「날카로운 방」) 방이 방을 찢는 순간, 눈이 오는 세계가 눈을 보는 세계를 뚫는 순간, 내 안에서는 생의 의지로 충만한 낭만적인 행동주의자들이 태어난다. "어차피 사라져야 하는 거라면 흔적 없이 사라지고 통째로 죽자. 우리의 삶의 불을 불꽃도 재도 없는, 존재의 핵심에 무(無)를 가져다 줄 초화(超火)로, 초인적인 초화로 파괴해 버리자. 불이 자기 자신을 삼킬 때, '힘'이 자기 자신을 공격하기 시작할 때 존재는 그런 망실의 순간에 총체(總體)화하는 것 같다. 파괴의 그 강도야말로 실존의 가장 분명한 최상의 증거인 것 같다."**

어차피 사라져야 할 존재라면, 죽음이라는 마지막 단계에 이르렀을 때 미련 없이 사라져 버리자. 단지 아무것도

** 가스통 바슐라르, 김병욱 옮김, 『불의 정신분석』, 이학사, 2007, p.148.

아닌 허무한 무의 관념으로만 머무는 게 아니라, 무수한 재생과 부활을 반복하는 존재가 되는 일. 어차피 사라질 것들이 아닌, 매번 다른 방식으로 초화하며 소멸하는 생의 불꽃들로 바라보는 일. 사라질 것들 속에서 찬란한 생의 불꽃을 찾는 일. 망실의 순간에 총체화하는 존재의 속성처럼, 시인의 언어는 그 파괴의 강도만큼이나 강렬한 생의 도약을 이룬다. 그러자 소멸하는 모든 존재들은 반짝이는 생의 의식으로 남아 시 안에서 몇 번이고 깨어나길 반복한다. 마치 "만 번의 발작"이지만 "이번 생의 발작은 아직 반짝이지 않"은 것처럼. 초화로 반짝이는 생의 불꽃처럼, 영원히 꺼지지 않는 불의 정원처럼 말이다. "당신을 부정한다 당신의 리듬과 당신의 관객을 부정한다 돌아오는 당신의 슬픔과 당신의 나무를 부정한다//틀렸어 당신의 창문과 당신의 불//듣고 있니 저 달빛을, 오 아름답니//나의 부정과 나의 나무//불타는 나의 나무"(「백야」).

4. 몽상가의 정원

> 사랑받는다는 것은 불꽃 속에서 타 버리는 것을 의미한다.
> 그러나 사랑한다는 것은 영원히 꺼지지 않는
> 빛을 반짝이는 것이다.
> — 릴케

우리나라의 어느 지역에는 1년 전부터 꺼지지 않고 타오르는 불의 정원*이 있다. 암반공사를 하던 중 지하 깊은 곳에 흐르던 천연가스에 우연히 옮겨붙은 불씨에서 치솟은 불길은 지금까지 활활 타오르고 있다. 여름의 장마와 겨울의 폭설에도 언제나 타오르는 불꽃. 그 불꽃이 언제 꺼질지는 아무도 모른다. 황은주의 시는 이 신비로운 정원의 불꽃들을 연상하게 한다. 불타는 나의 나무. 사방이 없어 동쪽부터 빨갛게 물들어 가는 사과. 끓어오르는 레드홀. 불이 이는 나의 숨결과 재가 되는 나의 잠. 만 개의 방이 담겨 있는 여름의 해바라기. "남쪽에서 온 목이 긴 볕이 북쪽 그림자로 꺾이는 자리"(「말랑말랑한 외면」). "수은과 유황으로 귀걸이를 만"드는 곳. "망치로 불을 두드릴 때마다 중독처럼 게으름과 환희가 타오르"는 곳(「귀걸이」).

겨울의 냉기 속에서도 질료 없이 빛나는 불. 열기가 없어도 정신을 밝혀 주는 차가운 불. 때론 대상을 과감하게 파괴하며 무(無)와 같은 잿더미로 남겨 버리는 불. 시인의 언어는 빛나는 정신의 섬광으로 대상의 내부를 지나 세계 속으로 침투하는 에테르의 속성을 닮아 있다. 시인의 몽상은 세계를 자유롭게 유희한다. 존재의 소멸과 재생을

---

* 경북 포항 남구 효자역에 위치해 있는 곳. 2017년 3월 8일 폐선된 철도 부지 도시숲 공원화 작업차 관정 굴착 중 지하 200미터 지점에서 천연가스에 불꽃이 옮겨 붙어 현재까지 타오르고 있다. 금방 꺼질 것으로 보였으나 불길이 오랜 기간 이어지자 사람들은 이곳을 불의 정원이라고 이름 붙였다.

반복하는 자유분방한 단어의 단어들의 중요한 몽상이 담겨 있는 시야말로, 생의 열기가 담긴 "뜨거운 언어(landage chand)"*다. 나와 세계, 인간과 우주, 현실과 몽상, 물질과 생명, 정물과 영혼, 감각과 이성, 삶과 죽음 사이에 보이지 않게 놓여 있는 중간 지대가 있다. 몽상과 현실이 뒤섞인, 과도기의 상태에 놓여 있는 신비로운 이 지점은 두 대상 사이의 경계를 무너뜨린다. 생의 밀도로 충만한 그 지점은 한없이 가벼워지며 지금 여기라는 규정된 시공간을 벗어난다.

몽상가의 코기토를 과감한 몽상이라고 하는 건 이런 이유에서다. 이미 몽상하는 대상의 존재 그 자체만으로도 근거를 요청하지 않아도 되는, 물리적인 인과 관계를 요구하지 않아도 가능한 존재감을 지니고 있기 때문이다. 그것이 세계의 기원이나 우주의 발생처럼, 미지 혹은 미완의 속성을 지니고 있을수록 대상의 존재감은 더욱 빛을 발한다. 여기서 시인의 언어는 미지 혹은 미완의 유기체를 생의 열기를 지닌 대상으로 이미지화한다.

시는 무한히 재생하는 생의 열기가 담긴 이미지라는 질료가 끊임없이 타오르는 거대한 화로다. 아마 시인의 화로는 생이 충만한 밀도와 관능으로 빛나는 따뜻한 화로일

* 가스통 바슐라르, 『불의 시학의 단편들』, p.58.

것이다. 존재의 안락함이 거주하는 중간 지대처럼, "몽상이 현실을 소화시키는 시간이 있고, 몽상가가 자신의 안락함을 합체하고 심층에서 자신을 덥히는 시간이 있다. 아주 따뜻하다는 것은 육체가 자신을 몽상하는 방식이다."** 인간의 정신이 세계를 향해 침투하고 용해되는 충분한 시간을 허용하는 지점. 시적 몽상을 이미지화하는 지점. 내 안에 감춰진 특별한 생의 열정을 찾는 지점. 부동의 시간처럼 보이는 중간 지대에서 존재는 내 안에 감춰진 실존이라는 안락함을 경험한다. 내 안에 숨겨진 작은 불씨가 내밀한 생의 열기로 충만해지는 순간, 나는 세계의 몽상가가 된다. 세계는 나를 이루는 모든 것이자 내가 바라보는 모든 것이다. 나는 세계를 향해, 세계는 나를 향해 모든 것을 개방하는 지점에서, 나는 자신과 세계가 긴밀하게 연결되어 있음을 실감한다.

시집에는 수록되지 않았지만 시인의 등단작 「삼만 광년을 풋사과의 속도로」에는 다음과 같은 구절이 있다.

아삭, 창문을 여는 한 그루 사과나무 기척
사방(方四)이 없이 부푸는 둥근 것들은 동쪽부터 빨갛게
물들어간다
(……)

** 가스통 바슐라르, 『몽상의 시학』, p.247.

죽은 옹이는 사과의 말을 듣는 귀
지난 가을 찢어진 가지가 있고 그건 방향의 편애
북향에도 쓸모 없는 편애가 한창이다

비스듬한 접목의 자리
망종 무렵이 기울어져 있어 씨 뿌리는 철
서로 모르는 계절이 어슬렁거리는 과수원

바람을 가득 가두어 놓고 있는 철조망
사과는 지금 황경 75도
윗목이 따뜻해졌는지 기울어진 사과나무들
이 밤, 철모르는 그믐달은
풋사과처럼 삼만 광년을 달릴지도 모른다
            —「삼만 광년을 풋사과의 속도로」 부분

    아마 시인의 사과는 철모르는 그믐달처럼 영원히 여물
지 못할 것이다. 관성이나 타성, 관념을 모르는 사과(언어)
이기에, 시인의 몽상은 여전히 삼만 광년을 빛의 속도가
아닌 풋사과의 속도로 나아간다. 여물기 직전의 사과처럼
시인의 사과는 다시 한 번 까마득한 삼만 광년의 우주 속
으로 나아가고, 뭉개지고 지워지기를 반복하며 이곳의 풍
경이 되기도 하고, 계절 멀리 떠나지 못하는 연두의 노래

가 되기도 한다. 어느덧 시인의 중간 지대는 관성이나 타성, 관념에 구애받지 않는 세계의 과일들이 가득한 몽상가의 정원이 되어 가고 있다. 그곳에서는 그 어떤 것도 무기력하거나 허무하지 않다. 자유로운 몽상이 허용되는 곳. 따뜻하고 부드러운 생의 온기로 가득 차 있는 곳. 삶과 죽음처럼 생의 불꽃 속에서 우아하게 소멸되거나 영원히 꺼지지 않는 빛을 반짝이는 곳. 생의 열기가 담긴 뜨거운 언어의 열매들이 자라나는 곳. 시인의 언어는 우리를 몽상가의 정원으로 초대한다.

아삭, 여기 세계를 여는 한 그루 사과나무의 기척이 들린다. 시인은 아직도 꿈꾸지 못하는 우리를 위해 탁자 위에 자신의 정원에서 재배한 세계의 과일들을 가득 차려 놓는다. 아삭, 이제 우리는 시인이 건넨 생의 첫 사과를 베어 물 차례다.

시인수첩 시인선 020

그 애가 울까봐

ⓒ 황은주, 2019

초판 1쇄 인쇄 2019년 1월 3일
초판 1쇄 발행 2019년 1월 18일

지은이 | 황은주
발행인 | 강봉자·김은경

펴낸곳 | (주)문학수첩
주   소 | 경기도 파주시 문발로 214-12(문발동 511-2) 출판문화단지
전   화 | 031-955-4445(대표번호), 4500(편집부)
팩   스 | 031-955-4455
등   록 | 1991년 11월 27일 제16-482호

홈페이지 | www.moonhak.co.kr
블로그 | blog.naver.com/moonhak91
이메일 | moonhak@moonhak.co.kr

ISBN 978-89-8392-733-0 03810

「이 도서의 국립중앙도서관 출판예정도서목록(CIP)은 서지정보유통지원시스템
홈페이지(http://seoji.nl.go.kr)와 국가자료공동목록시스템(http://www.nl.go.kr/
kolisnet)에서 이용하실 수 있습니다.(CIP제어번호: CIP2018042199)」

* 파본은 구매처에서 바꾸어 드립니다.

* 이 책은 서울문화재단 '2017년 첫 책 발간 지원사업'의 지원을 받아 발간되었습니다.